Ventes des 30 Novembre et 1ᵉʳ Décembre 1896

HOTEL DROUOT — SALLE Nº II

A 1 heure 3/4 précise.

COLLECTIONS MILITAIRES

DE FEU M. CHAMBERT

UNIFORMES, ÉQUIPEMENTS

COIFFURES, CEINTURONS, SCHABRAQUES, etc.

Du 1ᵉʳ Empire à nos jours.

ARMES

*Tambours, Trompettes, Clairons, Drapeaux, Boutons,
Épaulettes, Lot de plaques.*

Mᵉ H. SANONER
Commissaire-Priseur
27, rue de Châteaudun.

M. E. DELORME
Expert
164, rue Saint-Honoré.

EXPOSITION PUBLIQUE

Le Dimanche 29 Novembre 1896

De 2 heures à 6 heures.

IMPRIMERIE CHAIX, RUE BERGÈRE, 20, PARIS. — 20552-11-96. — (Encre Lorilleux).

CONDITIONS DE LA VENTE

Elle sera faite au comptant.

Les acquéreurs paieront cinq pour cent en plus des enchères.

L'exposition mettant le public à même de se rendre compte des objets, il ne sera admis aucune réclamation, une fois l'adjudication prononcée.

L'ordre numérique ne sera pas suivi.

M. E. DELORME, se charge des Commissions.

DÉSIGNATION

EFFETS D'HABILLEMENT AVEC ACCESSOIRES

1. — Un Habit, garde de Paris à cheval (2e empire).
2. — Un Dolman, 1er hussards, vers 1858.
3. — Un Dolman, 3e hussards, vers 1858.
4. — Un Dolman, 6e hussards, vers 1858.
5. — Un Dolman, 2e hussards, vers 1858.
6. — Un Dolman, sous-lieutenant 2e hussards (marron).
7. — Un Dolman, 8e hussards, vers 1858.
8. — Un Dolman, 2e compagnie cavaliers, remonte.
9. — Un Dolman, brigadier - fourrier 4e chasseurs d'Afrique, 1864.
10. — Un Dolman, brigadier 7e hussards.
11. — Deux Dolmans, du régiment des guides.
12. — Un Dolman, chasseurs de la garde.
13. — Deux Dolmans, artillerie de la garde à cheval.
14. — Un Dolman, artillerie de la garde à pied.
15. — Un Dolman, train des équipages de la garde.
16. — Un Dolman, trompette des guides.
17. — Un Dolman, 2e chasseurs à cheval, ligne, vers 1854.
18. — Un Dolman, 4e chasseurs à cheval, ligne, vers 1854.
19. — Un Dolman, 1er hussards, vers 1854.
20. — Un Dolman, maréchal-logis 8e chasseurs, vers 1858.
21. — Un Habit, 1er régiment du génie, Restauration.
22. — Un Dolman de cantinière 2e hussards.
23. — Une Veste et Gilet, zouaves de la garde.
24. — Une Veste et Gilet, 1er régiment de zouaves.

25. — Une Tunique, officier zouaves, ligne.
26. — Une Tunique, officier 3e tirailleurs.
27. — Une Tunique, troupe chasseurs d'Afrique, vers 1854.
28. — Un Kurtka, lanciers de la garde, troupe avec épaulettes.
29. — Une Tunique, garde nationale mobile, infanterie.
30. — Une Capote-quartier, officier cavalerie légère.
31. — Un Habit, officier 6e dragons.
32. — Un Habit, officier voltigeurs, vers 1858, garde impériale.
33. — Une Tunique, officier grenadiers, vers 1860, garde impériale.
34. — Une Tunique, caporal grenadiers de la garde, avec épaulettes.
35. — Un Habit-veste de tenue, brigadier chevronné, 2e dragons, avec épaulettes.
36. — Une Veste-quartier, 3e voltigeurs.
37. — Un Kurtka, 1er lanciers, vers 1860.
38. — Un Kurtka, officiers 4e lanciers.
39. — Un Habit-veste, troupe 4e cuirassiers, vers 1854.
40. — Un Uniforme complet de cantinière d'artillerie (comprenant pantalon, jupe, spencer).
41. — Une Tunique, une Jupe et un Pantalon, cantinière 36e ligne, 1872.
42. — Trois Habit-vestes, d'artillerie (dont un de marine).
43. — Un Habit-veste, officier d'artillerie.
44. — Un Habit-veste, train des équipages.
45. — Une Veste de quartier, des cent-gardes.
46. — Un Habit, officier du génie, vers 1858.
47. — Une Tunique, chasseur forestier (forêts de la couronne).
48. — Un Spencer, sapeurs-pompiers (département).
49. — Une Tunique, officier 1er chasseurs d'Afrique, vers 1856.
50. — Une Tunique, musicien de 4e chasseurs, garde impériale.
51. — Une Tunique, 2e cuirassiers, avec épaulettes et aiguillettes, garde impériale.
52. — Une Tunique, troupe chasseurs à pied, garde impériale, avec épaulettes, vers 1864.
53. — Une Tunique, 15e chasseurs à pied, avec épaulettes, vers 1864.
54. — Une Tunique de fusilier, 13e régiment de ligne, vers 1864.
55. — Une Tunique, 2e voltigeurs, garde impériale avec épaulettes, vers 1864.
56. — Deux Habits, gendarmerie impériale, petite tenue.

57. — Un Habit-veste, officier dragons de l'Impératrice.
58. — Un Habit-veste, 6e dragons, 1851.
59. — Un Habit, voltigeurs de la garde, vers 1856.
60. — Une Tunique, officier 1er lanciers, vers 1869.
61. — Un uniforme, officier 1er spahis (comprenant dolman, gilet, pantalon, burnous et chéchia).
62. — Une Pelisse, officier état-major.
63. — Un Dolman, 1er chasseurs d'Afrique, vers 1864.
64. — Un Dolman, capitaine spahis, vers 1871.
65 — Un Spencer, capitaine spahis, vers 1864.
66. — Une Pelisse de guides, garde impériale.
67. — Une Pelisse, 4e hussards.
68. — Une Pelisse, de trompette des guides.
69. — Un Manteau, cuirassiers, garde impériale.
70. — Un Manteau, dragons.
71. — Une Culotte grande tenue, molleton blanc, cuirassiers, garde impériale.
72. — Deux Pantalons, hussards.
73. — Un Pantalon, 5e hussards,
74. — Un Pantalon, gendarmerie, garde impériale à pied.
75. — Un Pantalon, artillerie.
76. — Un Pantalon, 3e voltigeurs, garde impériale, vers 1862.
77. — Un Pantalon, officier chasseurs à cheval.
78. — Un Pantalon, officier tirailleurs.
79. — Un Pantalon, gendarmerie départementale, troupe.
80. — Un Pantalon, chasseur à pied de la garde.
81. — Un Pantalon, officier zouaves.
82. — Un Pantalon, 1er grenadiers, vers 1866.
83. — Un Pantalon, officier zouaves.
84. — Un Pantalon, officier chasseurs à cheval, vers 1869.
85. — Un Pantalon, Saint-Cyr.
86. — Un Pantalon, cuirassier.
87. — Un Pantalon, officier de grenadiers, vers 1862.
88. — Un Pantalon à basanes, artillerie.
89. — Un Pantalon à basanes, hussard.
90. — Un Pantalon à basanes, cuirassier.
91. — Un Pantalon à basanes, lanciers garde impériale.
92. — Un Pantalon à basanes, chasseurs d'Afrique, vers 1870.
93. — Un Pantalon à basanes, chasseurs d'Afrique, vers 1854.
94. — Un Pantalon à basanes, chasseurs à cheval, vers 1862.
95. — Un Pantalon à basanes, chasseurs à cheval, vers 1869.

96. — Un Pantalon à basanes, cuirassier.

97. — Un Pantalon, zouaves de la garde.

98. — Une Tunique, chasseur à pied, vers 1862.

99. — Un Dolman, chasseur de la garde.

100. — Un Kurtka, lanciers de la garde, avec plastron.

101. — Un Dolman grande tenue, lieutenant-colonel artillerie de la garde, avec brandebourgs et fourragère or fin.
Un Pantalon, lieutenant-colonel artillerie de la garde, bandes or fin.

102. — Une giberne, lieutenant-colonel artillerie de la garde.

103. — Un Bonnet de police, lieutenant-colonel artillerie de la garde.

104. — Une Sabretache, officier supérieur artillerie de la garde, avec ceinture.

105. — Un Dolman, trompette d'artillerie de la garde.

106. — Une fourragère, adjudant artillerie, ligne.

107. — Un Habit-veste, Dragons de l'Impératrice, avec aiguillette et épaulettes.

108. — Un Bonnet de police, chasseur à cheval de la garde, vers 1866.

109. — Une Sabretache, chasseur à cheval de la garde.

110. — Un Kurtka, capitaine lanciers de la garde, avec épaulettes et fourragère.

110 *bis*. Un Pantalon, officier hussards.
Un Ceinturon, officier ligne.

111. — Une Tunique, chef d'escadrons 2e cuirassiers de la garde, et avec épaulettes et aiguillette.

112. — Une Tunique, sapeur, avec épaulettes et tablier.
Un Pantalon, sapeur, avec molletières.
Un Bonnet de police et une paire gants, sapeur.
Un Bonnet à poil, sapeur.
Une Hache avec étui.

113. — Une Tunique, chef de bataillon voltigeurs de la garde, avec épaulettes, aiguillette et hausse-col, vers 1864.
Un Pantalon, chef de bataillon voltigeurs de la garde.
Un Shako, chef de bataillon voltigeurs de la garde, avec plumet.
Un Chapeau, chef de bataillon voltigeurs de la garde, avec pompon.

114. — Un Habit, officier d'état-major, avec aiguillettes et épaulettes.
Un Chapeau, officier d'état-major, avec plumet.

115. — Un Habit, officier d'ordonnance de la Maison de l'Empereur, avec épaulettes.

Un Chapeau, officier d'ordonnance de la Maison de l'Empereur.

Un Pantalon, officier d'ordonnance de la Maison de l'Empereur.

116. — Un Habit, général de division grande tenue.

117. — Une Tunique, Cent-gardes, avec épaulettes et aiguillette.

Une Culotte, Cent-gardes, peau de daim.

Un Bonnet de police, Cent-gardes et une paire de gants.

117 *bis*. Une Veste, cantinière 7e hussards.

COIFFURES

118. — Un Shako, officier garde nationale.

119. — Un Képi, sept galons, général de division, trois étoiles, vers 1854.

120. — Un Képi, colonel état-major, vers 1854.

121. — Un Taconet, officier zouaves de la garde.

122. — Un Shako, 4e voltigeurs, avec aigrette.

123. — Un Shako, 77e ligne, avec pompon, vers 1856.

124. — Un Shako, colonel 7e ligne, avec aigrette, vers 1854.

125. — Un Shako, officier artillerie, avec plumet.

126. — Un Shako, gendarmerie impériale, avec pompon, vers 1854.

127. — Un Shako cuir, officier 46e ligne, avec aigrette, vers 1862.

128. — Un Képi petite tenue colonel artillerie.

129. — Un Képi, zouaves de la garde, petite tenue.

130. — Un Chapeau grande tenue, officier gendarmerie impériale.

131. — Un Shako, officier 16e ligne, avec pompon, vers 1856.

132. — Une Chéchia, avec turban, zouaves de la garde.

133. — Un Schapska, officier lanciers, avec aigrette, ligne.

134. — Un Talpack, chasseurs à cheval, avec aigrette.

135. — Un Talpack, hussards, avec aigrette, vers 1856.

136. — Un Képi, officier 1er hussards, vers 1854.

137. — Un Taconet, officier chasseurs d'Afrique, avec pompon.

138. — Un Shako, officier 2e zouaves.

139. — Un Képi, officier lanciers, vers 1854.

140. — Un Shako, école Saint-Cyr, avec pompon, vers 1875.
141. — Un Shako, génie, avec pompon, vers 1852.
142. — Un Shako, école spéciale militaire petit état-major, avec pompon, vers 1854
143. — Un Shako, train des équipages de la garde, avec plumet.
144. — Un Chapeau, gendarmerie garde impériale, avec pompon.
145. — Un Bonnet à poil, grenadiers de la garde , avec plumet, vers 1862.
146. — Un Bonnet à poil, grenadiers, vers 1856.
147. — Un Bonnet à poil, officier grenadiers de la garde, avec plumet.
148. — Un Shako, officier voltigeurs de la garde, avec pompon.
149. — Un Chapeau, voltigeurs garde impériale, avec pompon, vers 1856.
150. — Un Chapeau, officier subalterne voltigeurs garde impériale, avec pompon.
151. — Un Chapeau, officier supérieur grenadiers.
152. — Un Chapeau, général.
153. — Un Shako, voltigeurs garde impériale, avec plumet, vers 1856.
154. — Un Shako, chasseurs à pied garde impériale, avec plumet, vers 1854.
155. — Un Shako, chasseurs a pied garde impériale, avec plumet, vers 1854.
156. — Un Schapska, lanciers garde impériale, avec plumet, vers 1862.
157. — Un Schapska, lanciers garde impériale, avec pompon, vers 1857.
158. — Un Talpack, chasseurs de la garde, avec plumet.
159. — Un Talpack, officier chasseurs de la garde, avec plumet.
160. — Un Kolbach, guides de la garde, avec plumet.
161. — Un Kolback, officier des guides de la garde, avec plumet.
162. — Un Talpack, artillerie de la garde, petite tenue, avec pompon.
163. — Un Schapska, troupe 5e lanciers, avec aigrette, vers 1854.
164. — Un Shako, officier 3e génie, avec aigrette.
165. — Un Shako, troupe chasseurs à pied de la garde, avec plumet.
166. — Un Shako, colonel artillerie, avec aigrette, vers 1854.
167. — Un Shako, officier chasseurs à pied de la garde, vers 1862.
168. — Un Shako, officier de la ligne, avec plumet, vers 1862.
169. — Un Shako, train des équipages, avec aigrette, vers 1854.

170. — Un Shako, artillerie, avec aigrette, 1849.
171. — Un Shako, cavalerie légère, avec plumet, vers 1846.
172. — Un Shako, 8e artillerie, avec pompon, vers 1864.
173. — Un Talpack, artillerie de la garde, avec plumet, vers 1864.
174. — Un Talpack, capitaine d'artillerie de la garde, avec plumet.
175. — Un Képi, lieutenant ligne, vers 1854.
176. — Un Képi, 1er hussards, vers 1854.
     Un Képi, 68e de ligne, vers 1854.
177. — Un Shako, officier garde mobile, avec plumet.
     Un Képi, officier garde mobile, avec plumet.
178. — Un Shako, colonel 98e ligne, avec pompon.
     Un Shako, troupe 6e de ligne, avec pompon.
179. — Un Chapeau-Lampion, officier école de cavalerie.
180. — Un Chapeau, musicien voltigeurs de la garde, vers 1857.
181. — Deux Shakos, petite tenue officier, ligne et chasseurs à pied.
182. — Un Shako, garde de Paris, avec plumet, actuel.
183. — Un Shako, officier garde de Paris, avec plumet, actuel.
184. — Un Chapeau, petite tenue, lanciers de la garde.
185. — Une Coiffure, petite tenue, officier lanciers.
186. — Un Chapeau, grande tenue, officier de la garde, avec plumet.
187. — Un Képi, commandant, infanterie ligne.
188. — Un Chapeau, pompier département.
189. — Un Chapeau, sergent de ville de Paris.
190. — Un Chapeau, officier supérieur du génie.
191. — Un Chapeau, officier subalterne gendarmerie.
192. — Un Chapeau, officier subalterne cuirassiers.
193. — Un Chapeau, officier supérieur dragons.
194. — Un Chapeau, officier subalterne dragons.
195. — Un Chapeau, officier cuirassiers de la garde.
196. — Un Casque, dragons troupe.
197. — Un Casque, dragons, officier, avec plumet.
198. — Un Bonnet à poil, gendarmerie de la Seine.
199. — Un Bonnet à poil, gendarmerie de la garde, vers 1854.
200. — Un Talpack, artillerie de la garde, avec plumet.
201. — Un Shako, officier d'artillerie, vers 1846.
202. — Un Talpack, chasseur à cheval.
203. — Un Casque, officier dragons, ligne, avec plumet.
204. — Un Casque, garde de Paris.
205. — Une Cuirasse, cent-gardes.
206. — Quatre Chapeaux Empire, divers.
207. — Un Chapeau, officier marine, commissariat.

208. — Un Chapeau, garde de Paris.
209. — Une Cuirasse, cent-gardes.
210. — Un Casque, garde de Paris, vers 1854.
211. — Un Bonnet de police et une Sabretache artillerie de la garde.
212. — Quatre Shakos divers (dont un de commandant zouaves).
213. — Un Shako, officier d'artillerie, avec plumet.
Un Shako, officier chasseurs à cheval, avec plumet.
Trois Shakos, artillerie (1848-1852).
Un Shako, garde de Paris.
Un Képi, sous-lieutenant 19e chasseurs à pied.
214. — Un Képi, capitaine carabiniers, vers 1854.
215. — Un Képi, colonel gendarmerie.
216. — Un Képi brodé, général de brigade.
217. — Un Képi brodé, maréchal de France.
218. — Un Bonnet de police, guides, vers 1858.
219. — Un Bonnet de police, lanciers de la garde, vers 1862.
Un Bonnet de police, chasseurs à pied de la garde, vers 1856.
Un Bonnet de police, grenadiers.
220. — Un Bonnet de police, officier lanciers de la garde, vers 1862.
Un Bonnet de police, officier voltigeurs de la garde, vers 1862.
Un Bonnet de police, armée d'Afrique.
221. — Un Bonnet de police, général de brigade.
222. — Un Bonnet de police, officier grenadiers de la garde.
Un Bonnet de police, sous-officier grenadiers de la garde.
Un Bonnet de police, chasseurs à pied de la garde, vers 1862.
223. — Un Bonnet de police, officier voltigeurs de la garde, vers 1862.
Un Bonnet de police, troupe, guides, vers 1862.
Un Bonnet de police, cuirassiers de la garde.
Un Bonnet de police, train des équipages, vers 1862.
224. — Un Bonnet de police, cuirassiers, vers 1862.
Un Bonnet de police, chasseurs à cheval, vers 1862.
Un Bonnet de police, voltigeurs de la garde, vers 1862.
Un Bonnet de police, chasseurs à pied de la garde, vers 1862.
225. — Un Kolback, musicien grenadiers de la garde, avec plumet.
226. — Un Kolback de tambour-major et plumet.
227. — Un Kolback de caporal tambour, gendarmerie de la garde.
228. — Un Chapeau, officier cent-gardes.
229. — Un Shako, officier garde nationale, avec pompon.
230. — Un Shako, officier artillerie d'Afrique (Louis-Philippe).
231. — Un Shako, officier hussards, avec plumet, 1856.
232. — Un Chapeau, sous-officier cuirassiers de la garde.

233. — Un Casque, officier dragons, ligne et plumet, vers 1854.
234. — Un Casque, trompette carabiniers, vers 1856.
235. — Un Casque, dragons ligne, troupe.
236. — Un Képi, garde de Paris, avec plumet.
237. — Un Casque et Cuirasse, officier cuirassiers de la garde.
238. — Un Casque et Cuirasse, carabinier, troupe.
239. — Un Casque, officier cuirassiers ligne, plaqué argent et
      plumet.
240. — Un Casque et Cuirasse, troupe cuirassier ligne et plumet.
241. — Un Casque et Cuirasse, cuirassiers de la garde, et plumet,
      troupe.
242. — Un Casque et Cuirasse, officier de carabiniers.
243. — Un Casque et Cuirasse, officier cuirassiers ligne et plumet.
244. — Un Casque, troupe cuirassiers ligne, vers 1844.
245. — Un Casque, officier garde de Paris, et plumet, vers 1872.
246. — Un Casque, officier garde de Paris, et plumet, vers 1872.
247. — Un Casque, officier cuirassier de la garde, et plumet.
248. — Un Casque, officier dragons de l'impératrice, et plumet.
249. — Un Casque, troupe dragons de l'impératrice, et plumet.
250. — Cinq Têtes, carton maroquin.

CEINTURONS, GIBERNES, SABRETACHES,
ÉPAULETTES, AIGUILLETTES, ETC.

251. — Une Ceinture, officier spahi.
252. — Une paire Épaulettes argent et une Aiguillette, capitaine
      gendarmerie impériale.
253. — Un Ceinturon buffle et argent, officier gendarmerie
      départementale.
      Un Ceinturon buffle et argent, officier gendarmerie im-
      périale.
254. — Un Ceinturon buffle et argent, carabiniers.
      Un Coffret giberne, artillerie.
255. — Une Giberne, artillerie de la garde, troupe.
256. — Une Giberne, petite tenue, officier guide.
257. — Trois Ceinturons cuir dont deux avec plateaux.

258. — Une Giberne, 1er régiment grenadiers de la garde impériale.

259. — Un Ceinturon, capitaine de vaisseau et deux fourragères chasseur.

260. — Un Ceinturon, grande tenue officier ligne.
Un Ceinturon, grande tenue officier zouaves.

261. — Une Giberne, officier guides.

262. — Une paire Épaulettes, maréchal de France.

263. — Deux paires Épaulettes, tambour-major ligne.
Une paire Épaulettes, tambour-major garde impériale.
Une paire Épaulettes, officier pompiers.

264. — Une paire Épaulettes, musicien.
Une paire Épaulettes, chasseur à pied.
Une paire Épaulettes, tambour-major.
Une paire Épaulettes, lieutenant dragons.

265. — Un Bonnet de police, cent-gardes.
Un Bonnet de police, officier cuirassiers.
Deux Bonnets de police divers.

266. — Un Casque, troupe cuirassiers avec plumes.

267. — Onze paires Épaulettes, troupes diverses.

268. — Dix Aigrettes, troupe et officiers.

269. — Cinq Plumets avec olives métal.

270. — Cinq Plumets avec olives, métal hussard et chasseur à cheval.

271. — Quatre Plumets et quatre Aigrettes crin.

272. — Cinq Plumets divers.

273. — Cinq Plumets divers.

274. — Un lot Glands, Olives et Pompons.

275. — Dix Aiguillettes, Fourragères, etc.

276. — Cinq Aiguillettes, Fourragères et Épaulettes, dont trèfle et aiguillette de gendarmerie garde et une aiguillette d'adjudant de carabiniers de la garde.

277. — Une Ceinture, officier hussards.

278. — Une Aiguillette or et rouge avec broderie, livrée Maison de l'Empereur.

279. — Un Coffret de giberne, grenadiers de la garde (manque deux grenades).

280. — Un Coffret de giberne, officier cent-gardes.

281. — Un Coffret de giberne, grenadiers de la garde.

282. — Un Coffret de giberne troupe, dragons de la garde (très rare).

283. — Un Coffret de giberne, officier chasseurs de la garde (très
rare).

284. — Une Giberne, officier dragons.

285. — Une Giberne, troupe cuirassiers de la garde.

286. — Une Giberne, troupe lanciers (1re époque).

287. — Une Sabretache, trompette chasseurs de la garde.

288. — Une Sabretache, artillerie de la garde, troupe.

289. — Un Ceinturon, officier lanciers de la garde.

290. — Trois paires Épaulettes diverses, dont une de chasseurs
d'Afrique.

291. — Une Aiguillette, officier de la garde.

292. — Une paire Épaulettes or fin, une Aiguillette or et une
paire Gants, cent-gardes.

293. — Un Cordon de coiffure argent, officier chasseurs à cheval
de la garde.

294. — Une Ceinture or et soie, état-major.

295. — Un Bâton, maréchal de France.

296. — Une Bannière, avec aigle impérial.

297. — Une Sabretache complète, petite tenue, officier hussards.

298. — Une Sabretache, guides 1865, trompette.

299. — Une Sabretache, guides 1867.

300. — Un Coffret de giberne, grenadiers de la garde, vers 1856.

301. — Une Sabretache, officier chasseurs de la garde.

302. — Une Sabretache, hussards, troupe.

303. — Un Coffret de giberne, chasseurs à pied de la garde.

304. — Une Giberne, officier lanciers.

305. — Une Giberne, officier chasseurs à cheval, vers 1852.

306. — Un Coffret de giberne, guides, petite tenue.

307. — Une Sabretache, officier de guides.

308. — Une Giberne, 4e lanciers et dragonne.

309. — Une Giberne, 9e chasseurs.

310. — Une Giberne, 4e dragons.

311. — Un Ceinturon buffle, carabiniers de la garde.

312. — Un Ceinturon, état-major, et une fourragère, artillerie.

313. — Une Giberne de guides et banderole, complète.

314. — Un Ceinturon, gendarmerie impériale.
Une Giberne, dragons.

315. — Un Ceinturon, garde de Paris.

316. — Une Giberne, gendarmerie, époque actuelle.
Un Ceinturon, gendarmerie, avec fourreau d'épée baïonnette.

317. — Une Giberne, artillerie.

318. — Une Giberne, gendarmerie.
     Un Ceinturon, gendarmerie moderne.
319. — Un Ceinturon, garde de Paris, avec dragonne.
     Un Ceinturon, dragon (1856).
320. — Une Giberne, gendarmerie impériale.
     Un Baudrier, gendarmerie impériale.
321. — Une Giberne, officier cavalerie de la garde, avec ceinturon
       (petite tenue).
322. — Une Giberne, officier artillerie, 1875.
323. — Une Giberne, officier artillerie de la garde.
324. — Une Giberne, officier chasseur à cheval, 1875.
325. — Deux Gibernes, officier de cavalerie, dont une dragon troi-
       sième République.
326. — Une Giberne, dragon troupe, vers 1852.
327. — Une Sabretache, officier hussards, aigle couronné (incom-
       plète).
328. — Une Sabretache, officier hussards, aigle couronné (com-
       plète).
329. — Un Tonneau, cantinière garde impériale avec banderole.
330. — Une Cartouchière et un Porte-pistolet de spahis, régle
       mentaire.
331. — Un Ceinturon, officier artillerie.
     Un Coffret de giberne.
     Une Cartouchière, 1870.
332. — Une Caisse, tambour infanterie ligne.
     Un Cuissard,
     Un Baudrier avec baguettes.
333. — Une Caisse, tambour garde de Paris, avec baguettes.
334. — Un Tambour, grenadiers de la garde.
     Un Cuissard.
     Un Baudrier avec baguettes.
335. — Un Ceinturon, artillerie.
336. — Un Ceinturon de sabre, caporal sapeur, garde nationale.
337. — Un Tambour, gendarmerie de la garde, avec courroies.
338. — Un Clairon, avec cordon.
339. — Une Trompette, avec cordon.
340. — Un Clairon avec cordon et flamme, chasseurs de la garde.
341. — Un Clairon du régiment de la Reine de Prusse.
342. — Un lot buffleterie.
343. — Un lot de Ceinturons, Buffle et Dragonnes.
344. — Une Ceinture, hussards, grande tenue.

345. — Un Ceinturon, officier infanterie.
       Un Ceinturon, officier lanciers.
       Un Ceinturon, officier état-major.
346. — Un Ceinturon, infanterie.
       Un Ceinturon, officier artillerie.
       Un Ceinturon, état-major.
347. — Un lot de Ceinturons, Dragonnes et Cartouchières.
348. — Un lot de Ceinturons et de Gibernes.
349. — Un Ceinturon avec giberne et Sabre allemand.
       Un Ceinturon et deux Cartouchières allemandes.
       Un Ceinturon, officier bavarois.
350. — Une Sabretache allemande.
       Une Giberne allemande.
351. — Un Tablier de sapeur.
       Un Cuissard de tambour.
352. — Une paire Molletières.
353. — Un Havresac, infanterie, ligne.
354. — Un Havresac, grenadiers.
355. — Un Havresac, gendarmerie.
356. — Un Bonnet à poils, grenadiers.
357. — Une Tunique, officier ligne.
358. — Une Tunique, soldat ligne.
359. — Une Tunique, soldat cuirassiers.
360. — Une Tunique, garde de Paris, avec aiguillettes.
361. — Une Tunique, soldat dragons 1870.
362. — Une Tunique, sergent-major infanterie.
363. — Une Tunique, tambour-major, avec épaulettes.
364. — Une Tunique, gendarme.
365. — Un **Drapeau**, Révolution. **très rare.**
366. — Une **Flamme trompette**, garde impériale, escadron du
       train, grande tenue de gala, très rare.
367. — Une Flamme trompette, artillerie de la garde.
368. — Une Flamme trompette, 1er cuirassiers de la garde.
369. — Quatre Fourreaux épée-baïonnette.
370. — Deux Sabres-baïonnettes chassepot, avec fourreaux.
371. — Un Sabre-poignard, infanterie 1845.
372. — Deux Sabres-poignards, infanterie, 1860.
373. — Une paire Fleurets.
       Un Masque et une paire Gants d'escrime.
       Un Plastron et une paire Sandales.
374. — Deux Sabres-poignards allemands, avec fourreaux.

375. — Une Épée, officier subalterne génie.
376. — Une Épée, officier grosse cavalerie.
377. — Un Sabre, officier subalterne infanterie.
378. — Un Sabre, officier subalterne infanterie.
379. — Un Sabre, officier supérieur infanterie.
380. — Un Sabre, officier subalterne infanterie, fourreau cuir, modèle 1845.
381. — Un Sabre, officier supérieur infanterie, fourreau cuir, modèle 1845.
382. — Un Sabre, officier cavalerie ligne, 1822.
383. — Un Sabre, officier cavalerie ligne, 1822.
384. — Un Sabre, cavalerie ligne.
385. — Un Sabre, officier infanterie marine.
386. — Un Sabre, officier chasseurs à pied.
387. — Un Sabre, officier grosse cavalerie, lame droite.
388. — Un Sabre, troupe grosse cavalerie, 1831.
389. — Un Sabre, troupe grosse cavalerie.
390. — Une Épée, sous-officier artillerie.
391. — **Une Épée**, général de brigade, poignée écaille.
392. — Un Sabre, officier zouaves.
393. — Une Épée, officier supérieur état-major.
394. — Une Épée, officier supérieur état-major, lame dorée.
395. — **Une Épée**, officier de dragons de l'impératrice.
396. — **Une Épée** et Ceinturon, petite tenue, cent-gardes.
397. — **Une Épée**, ceinturon et dragonne or, officier voltigeurs, garde impériale.
398. — Une Épée, sergent de ville de Paris.
399. — Une Épée de ville de garde de Paris.
400. — Un Sabre, officier marine.
401. — **Un Sabre**, tambour-major.
402. — Un Sabre, garde de Paris.
403. — Un Sabre, infanterie, modèle 1816, sans fourreau.
404. — Un Sabre courbe, Révolution.
405. — **Une Épée**, officier général, Empire.
406. — **Un Sabre**, officier cent-gardes, avec ceinturon et dragonne.
407. — Un Sabre allemand, une branche.
408. — Un Sabre, cavalerie allemande.
409. — Une **Épée**, officier grenadiers, avec ceinturon, garde impériale.
410. — Une **Carabine** et un Sabre, cent-gardes.

411. — Un Sabre, canonnier monté.
412. — Une Lance, lanciers.
413. — Une Lance, lanciers.
414. — Une Lance, armée allemande.
415. — Un **Sabre**, chasseur à cheval de la garde, garde ciselée.
416. — Un Sabre, infanterie, fourreau cuir, modèle 1854.
418. — Un Fusil à piston, avec baïonnette, modèle 1842.
419. — Un Fusil à piston, avec baïonnette, modèle 1862.
420. — Un Fusil à piston, avec baïonnette, modèle 1853.
421. — Un Mousqueton de clairon, sans baïonnette.
422. — Un Mousqueton de sapeur, avec baïonnette.
423. — Un Mousqueton de gendarmerie, avec baïonnette.
424. — Un Fusil, enfant de troupe.
425. — Un Fusil Chassepot, modèle 1866.
426. — Un Fusil Chassepot, modèle 1866, avec bretelle.
427. — Un Fusil Chassepot, modèle 1866, modifié, avec bretelle.
428. — Un Fusil Gras, modèle 1874, modifié 80, avec baïonnette et
      fourreau.
429. — Un Fusil et Baïonnette, chasseur bavarois.
430. — Un Fusil à aiguille prussien.
431. — Un Mousqueton, cavalerie légère.
432. — Un Mousqueton allemand.
433. — Un Pistolet d'arçon.
434. — Un Pistolet d'arçon allemand.
435. — Une Canne, tambour-maître, 73e de ligne.
435 *bis*. Une paire Pistolets d'arçon, deuxième Empire.
435 *ter*. Un Pistolet de troupe de marine, deuxième Empire.

SELLERIE

436. — Un Portemanteau, trompette cuirassiers de la garde.
437. — Un Poitrail avec Couronne, garde impériale.
438. — Un Tapis et Schabraque, galonnés or, garde impériale.
439. — Un Tapis et Schabraque, galonnés or, artillerie de la garde.
440. — Une Schabraque, officier de guides.
441. — Une paire Bottes, cent-gardes.
442. — Un Portemanteau, officier artillerie.

443. — Un Poitrail, cuirassiers de la garde.
444. — Un Poitrail, petite tenue, cent-gardes.
445. — Une Bride complète, guides, avec mors.
446. — Une Bride complète, lanciers, avec mors.
447. — Un Mors acier, bossettes aigle et couronne.
448. — Un Mors doré, bossettes à couronne.
449. — Un lot de Broderies de portemanteaux et tapis (officier d'ordonnance de la maison de l'Empereur et artillerie, petite tenue, de la garde).
450. — Une paire Bossettes de mors de maréchal.
451. — Une paire Bossettes de mors de lanciers.
452. — Une paire Bossettes de mors de cuirassiers.
453. — Une paire Bossettes de mors garde impériale.
454. — Un lot de 6 pièces cuivre harnachement.

ACCESSOIRES DIVERS

455. — Un lot Pièces cuivre et argent, comprenant : plaques, plateaux, hausse-cols, ferrets d'aiguillettes, etc.
456. — Un lot Aigles cuivre et Tulipes de plumet.
457. — Un lot Jugulaires cuivre de casques et shakos.
458. — Un lot de Plaques de ceinturons, de gibernes, ferrets, etc.
459. — Un lot Boutons divers, Empire.
460. — Une paire Raquettes de fourragères or fin, officier supérieur artillerie.
461. — Un Chapeau chinois, musique garde impériale.
462. — Un Piston dans sa boîte.
463. — Une boîte de Jeux de marques, chiffres et numéros avec tampons, etc.
464. — Vingt volumes Journal militaire et douze Albums planches, comprenant toutes les ordonnances du second Empire concernant la tenue, belle reliure.
465. — Quatre-vingt-six Porte-coiffures, bronze.
466. — Vingt-deux Porte-coiffures, bois verni noir.

467. — Un Tableau donnant la généalogie de la Maison Impériale, avec cadre doré.
468. — Un Portrait Napoléon III. *très rare*, signé Napoléon, **cadre noir**.
469. — Un Portrait-Buste Napoléon III, *très rare*, signé Napoléon, cadre noir.

COIFFURES ET EFFETS ALLEMANDS

470. — Un Casque, dragon de la garde, troupe.
471. — Un Casque, infanterie prussienne, troupe.
472. — Un Casque, dragon de la garde, officier.
473. — Un Casque, dragon de la ligne, officier.
474. — Un Casque artillerie de la garde, officier.
475. — Un Casque, artillerie de la ligne, officier.
476. — Un Casque, artilleur hessois, troupe.
477. — Un Casque, artillerie prussienne, troupe.
478. — Un Kolback, hussard prussien, troupe.
479. — Un Casque bavarois, infanterie, troupe.
480. — Un Casque bavarois, infanterie, troupe.
481. — Un Schapska, uhlan prussien, troupe.
482. — Un Schapska, uhlan bavarois, troupe.
483. — Un Shako, chasseur à pied prussien, troupe.
484. — Un Shako, chasseur à pied prussien, officier (landwerh).
485. — Un Shako, officier du régiment de Brunswick.
486. — Un Chapeau, officier de marine (Prusse).
487. — Trois Casquettes allemandes.
488. — Une paire Épaulettes blanches (prus-iennes).
489. — Une paire Épaulettes bleues (prussiennes).
490. — Une Capote, officier prussien et pattes d'épaules.
491. — Une Tunique de uhlan, troupe et épaulettes.
492. — Une Tunique, officier uhlan.
493. — Une Tunique troupe infanterie prussienne.
494. — Un Attila, officier hussard prussien.

ARTICLES DIVERS

496. — Une Couveuse artificielle complète, de Odile Martin.
497. — Un Tableau, panorama Rezonville.
498. — Une Vitrine chêne de 4 à 5 mètres de hauteur, autant de largeur, 12 glaces. tablettes, etc.
499. — Une Vitrine chêne de 4 à 5 mètres de hauteur, autant de largeur, 12 glaces, tablettes, etc.
500. — Une Vitrine en chêne de 4 à 5 mètres de hauteur et de 1ᵐ,30 de largeur.
501. — Un Ratelier d'armes avec panneaux.

COLLECTION DE PLAQUES CUIVRE, BANDEAUX DE CASQUE, ATTRIBUTS DE GIBERNES, DE SABRETACHES, HAUSSE-COLS, JUGULAIRES, PLUMETS, ETC., ETC.

DE LA PREMIÈRE RÉPUBLIQUE A NOS JOURS

502. — Un Bandeau, casque gardes du corps du Roi, 1815.
Deux Plaques de jugulaire, casque gardes du corps du Roi, 1815.
Deux Ornements latéraux, casque gardes du corps du Roi, 1815.
503. — Bandeau et Cimier, casque gardes du corps du Roi, 1820.
504. — Plaque ceinturon, gardes du corps du Roi, 1815.
Attribut giberne, gardes du corps du Roi, 1815.
Attribut ceinturon, gardes du corps du Roi, 1815.
505. — Bandeau casque, gendarmes de la garde du Roi, 1815.
Deux Ornements latéraux, casques gendarmes de la garde du Roi, 1815.
Plaque de banderole, giberne et attribut giberne, gendarmes de la garde du Roi, 1815.

506. — Bandeau et deux Ornements latéraux, casque chevau-légers, maison du Roi, 1815.

507. — Bandeau casque, mousquetaires maison du Roi, 2e Cie. 1815.

Bandeau casque, gendarmerie des chasses.

508. — Plaque de bonnet à poil, infanterie garde royale, 1815.

Plaque de shako régiments suisses, infanterie garde royale, 1815.

Fleur de lis, calot bonnet à poil de sous-officier, infanterie garde royale, 1815.

Deux Ornements, calot bonnet à poil d'officier, infanterie garde royale, 1815.

Attribut giberne et Attribut hausse-col, infanterie garde royale, 1815.

509. — Cimier casque cuirassier (1815), cuirassiers garde royale.

Cimier casque cuirassier (1825), officier, cuirassiers garde royale.

Soleil de cuirasse (1815), cuirassiers garde royale.

Bandeau de casque (1825). officier cuirassiers garde royale.

Plaque de ceinturon, cuirassiers garde royale.

510. — Plaque sabretache hussards. Plaque schapska lanciers, garde royale.

Attribut casque train des équipages, garde royale.

Devant de cimier de dragon, garde royale.

Cinq Attributs de giberne de cavalerie, garde royale.

511. — Bandeau casque, cuirassiers (1825)

Attribut cimier casque, cuirassiers (1815).

Attribut giberne, officier cuirassiers (1815).

Attribut giberne, chasseurs à cheval (1815).

Plaque shako gendarmerie de la Corse.

512. — Quatre plaques shako, artillerie à pied (1815 à 1830).

Deux Attributs hausse-col, artillerie.

513. — Plaque shako, régiment de Hohenlohe, 1824.

Plaque shako génie, 1824.

Plaque shako, compagnies départementales.

Plaque shako, douanes (dorée), 1824.

Plaque shako, douanes (argentée), 1824.

Plaque shako, train des équipages, 1824.

Plaque shako, garde-chiourme, 1824.

514. — Quatre Bandeaux, casque garde nationale à cheval, Paris et province, 1815.

Dix Pièces accessoires, casque et giberne, garde nationale, 1815.

515. — Douze Plaques, bonnet à poil et shako, garde nationale à
pied et province, 1815.

516. — Plaque bonnet à poil, grenadier garde nationale, 1815.
Deux Bossettes mors, officier général, 1815.
Une Bossette mors, Maréchal de France, 1815.
Une Plaque ceinturon, artillerie de la garde, 1815.

517. — Plaque de cuirasse, carabiniers, Louis-Philippe.
Plaque de sabretache, hussards, Louis-Philippe.
Plaque de giberne, garde municipal à pied, 1830, Louis
Philippe.

518. — Plaque shako, gendarmerie nationale, Louis-Philippe.
Plaque shako, garde républicaine, Louis-Philippe.
Deux Plaques shako, douanes, Louis-Philippe.
Plaque shako, infanterie de marine, Louis-Philippe.
Deux Plaques shako, coq 1830, sans numéro, Louis-
Philippe.
Plaque shako, écusson ovale 1830, sans numéro, Louis-
Philippe.
Plaque shako, coq 1845, sans numéro, Louis-Philippe.

519. — Deux Garnitures épaulettes, chasseurs d'Afrique, Louis-
Philippe.
Une Plaque baudrier, tambour-major, Louis-Philippe.
Une Plaque shako, génie, 1830, Louis-Philippe.
Une Plaque shako, génie, 1845, Louis-Philippe.
Une Plaque shako, artillerie, Louis-Philippe.
Une Plaque ceinturon, garde nationale rurale, 1830,
Louis-Philippe.
Un cœur de poitrail, génie, Louis-Philippe.

520. — Six Pièces (cœurs de poitrail, plaques giberne, ornement
banderole giberne, garde nationale), Louis Philippe.

521. — Dix-huit Pièces, attributs, casques, pompiers, Louis-
Philippe.

522. — Onze Pièces, plaques bonnets à poil, shako, et schapska,
garde nationale, Louis-Philippe.

523. — Vingt-cinq Pièces, plaques shako, garde nationale, 1830.

524. — Vingt-huit Pièces, plaques shako et attributs divers,
Louis-Philippe.

525. — Vingt-quatre Pièces, bandeaux casques et épaulettes, sapeurs pompiers, plaques shako et schapska garde nationale (2ᵉ Empire et République 1848).

526. — Soleil de cuirasse, Carabiniers, 2ᵉ Empire.
Plaque de schapska, officier lanciers garde impériale, 2ᵉ Empire.
Plaque de schapska, soldat lancier, garde impériale. Deuxième Empire.
Plaque de schapska, officier lancier, ligne, Deuxième Empire.
Plaque de schapska, soldat lancier, ligne, Deuxième Empire.

527. — Plaque bonnet à poil, grenadiers, garde impériale.
Plaque bonnet à poil, gendarmerie d'élite.
Plaque bonnet à poil, gendarmerie, garde impériale.
Deux Plaques sabretache, hussards, 1852 et 1860.

528. — Quatre Plaques schabraque, garde nationale à cheval, 1852, nᵒˢ 1, 2, 3, 4.
Deux Modèles bandeau, casque sapeurs-pompiers Paris, Deuxième Empire.

529. — Aigle sabretache, artillerie, garde impériale.
Aigle Poitrail, artillerie, garde impériale.
Aigle muserolle, artillerie, garde impériale.
Aigle giberne, artillerie, garde impériale.

530. — Cinq Pièces, plaques Shako et Casque, garde de Paris, 2ᵉ empire.

531. — Deux Bouts bâton de maréchal et deux Bossettes mors.
Deux Bossettes mors, officier d'ordonnance de l'Empereur.
Deux Bossettes mors, maison de l'Empereur.

532. — Trois Attributs banderole giberne, officier cavalerie, Deuxième Empire.
Une Plaque shako, équipages militaires, officier, Deuxième Empire.
Une Plaque shako, équipages militaires, soldat, Deuxième Empire.
Une Plaque shako, artillerie, Deuxième Empire.
Une Plaque giberne, artillerie, avec grenade, Deuxième Empire.
Une Plaque Giberne artillerie, sans grenade, Deuxième Empire.

533. — Plaque shako, douane, officier, Deuxième Empire.

Plaque shako, douane, soldat, Deuxième Empire.
Plaque shako, infanterie de marine, officier, Deuxième Empire.
Plaque shako, infanterie de marine, soldat, Deuxième Empire.
Plaque shako, pupilles de la garde, Deuxième Empire.
Plaque shako, génie, Deuxième Empire.
Plaque ornement de tambour, grenadier garde impériale.
Plaque poitrail, officier voltigeurs, garde impériale.
Plaque Shako, modèle.

534. — Un Plumet, voltigeurs, garde impériale, officier, 1860.
Un Plumet, voltigeurs, garde impériale, musicien, 1860.
Deux Jugulaires, voltigeurs, garde impériale, officier, 1855.
Deux Jugulaires, infanterie de ligne, officier, 1855.
Deux Ferrets aiguillettes, officier état-major, 1855.
Deux Ferrets aiguillettes, officier état-major, 1870.
Une Gourmette Schapska, officier lanciers.
Sept Cœurs de poitrail divers.

535. — Vingt-trois pièces de Bossettes de mors diverses, Deuxième-Empire.

536. — Vingt-deux Plaques shako, infanterie française, 1814 à nos jours.

537. — Quatre Plaques shako, infanterie légère, 1814 à 1830.

538. — Quatorze Plaques shako, école militaire et application, 1814 à nos jours.

539. — Un Hausse-col, Première République.
Deux Hausse-cols, Premier Empire.
Six Hausse-cols, Restauration.

540. — Quatorze Hausse-cols, Deuxième Empire, Troisième République, Louis-Philippe.

541. — Quatre Plaques ceinturon, Restauration.

512. — Quatre Plaques ceinturon, Restauration.

543. — Une Plaque ceinturon, officier supérieur, Premier Empire.
Une Plaque ceinturon, médecin, Première République.
Une Plaque ceinturon, état-major, Première République.

544. — Une Plaque ceinturon, intendance, Première République.
Une Plaque ceinturon, garde nationale, Première République.
Une Plaque baudrier, général, Première République.

545. — Une Plaque bonnet à poil, Première République.
Une Plaque giberne, Première République.

546. — Une Plaque bonnet à poil, grenadiers garde (Premier
        Empire), cuivre jaune.
      Une Plaque bonnet à poil, grenadiers garde (Premier
        Empire), cuivre rouge.
      Une Plaque shako, officier d'artillerie, Premier Empire.
      Une Plaque shako, officier d'infanterie, Premier Empire.
      Une Plaque shako, les Cent Jours.
      Une Plaque shako, régiment de la Vistule.
547. — Deux Plaques ceinturon, gendarmerie, Louis-Philippe.
      Une Plaque ceinturon, gendarmerie, Deuxième Empire.
      Une Plaque ceinturon, tambour-major, Deuxième Empire.
      Une Plaque ceinturon, chasseurs à cheval, Louis-Philippe
      Une Plaque ceinturon, lanciers, Louis-Philippe.
      Une Plaque baudrier, gendarmerie, Louis-Philippe.
548. — Un Lot Boutons divers.
549. — Cinq Cimiers, casques divers.
550. — Vingt-six Plaques ceinturon, Louis-Philippe, Deuxième
        Empire, Troisième République.
551. — Onze Plateaux doubles, ceinturons divers et cinq plateaux
        dépareillés.
552. — Cinq Plaques ceinturon, Restauration.
      Une Plaque shako, Premier Empire (Infanterie).
553. — Trente-six Pièces, attributs divers (gibernes, bandeaux,
        casques, plaques, shakos, etc.).
554. — Quarante Attributs divers, hausse-cols, gibernes, shakos
        (Restauration et Deuxième Empire).
      Un Soleil cuirasse, Restauration.
555. — Vingt Hausse-cols et plaques ceinturons sans attributs.
556. — Une poignée épée, garde de Paris, Deuxième Empire.
      Deux Plaques ceinturon, artillerie, Deuxième Empire.
      Une Plaque Giberne, artillerie, Deuxième Empire.
      Un frontal, artillerie, Deuxième Empire.

OBJETS NON CATALOGUÉS

Glands de bonnets de police, olives, coulants, cordons et fourragères, cimiers de casques, sabres, couteaux de chasse, revolvers, sabre caporal tambour, broderies, une sellerie grande tenue général, deux cantines, une lance polonaise, deux paires cuirasses cuirassiers de la garde, une fourragère officier supérieur chasseurs à cheval.

IMPRIMERIE CHAIX, RUE BERGÈRE, 20 PARIS. — 20550-11-96. — (Encre Lorilleux).